AF233568

LES MENACES

DU

PRINTEMPS

PAR

FRANÇOIS DANVILLE

PARIS

E. DENTU, LIBRAIRE-ÉDITEUR

GALERIE D'ORLÉANS, 17 ET 19, PALAIS-ROYAL

1864

LES MENACES

DU PRINTEMPS

Nous commençons par déclarer que nous allons parler politique.

Nous n'ignorons pas qu'il existe en France des gens qui, après la lecture de cette première ligne, fermeront cette brochure et regretteront d'avoir dépensé un liard ou fait un pas pour se la procurer. Pour ces gens-là, un homme qui s'occupe de choses sérieuses est un homme ennuyeux, et, par conséquent, un livre traitant de matières sérieuses, un livre ennuyeux. Ces gens-là dorment, se réveillent, s'habillent, déjeunent, se rendent n'importe où la mode veut qu'on aille, dînent, passent leur soirée au bal ou au théâtre, se couchent et recommencent les mêmes choses le lendemain ; tout ce qui a trait à ces diverses actions les intéresse, tout ce qui n'y a pas trait ne les touche pas. Aussi n'est-ce pas à eux que nous nous adressons.

Il y a en France d'autres personnes qui ne fermeront pas cette brochure après en avoir lu la première phrase, mais qui en continueront la lecture avec une certaine méfiance. « A quoi bon parler politique ? diront-elles. Prétendez-vous influer par des paroles sur le cours des événements? En supposant que tout ce que vous nous direz soit judicieux et bien dit, quelle en sera l'utilité ? Est-ce vous qui êtes chargé de présider aux destinées de la France ? Ignorez-vous qu'il existe dans notre pays un gouvernement éclairé, qui veille sans cesse au maintien de l'ordre à l'intérieur et au soin de notre dignité vis-à-vis de l'étranger ? Ignorez-vous que ce gouvernement est tellement inébranlable, qu'on ne peut le comparer qu'à une pyramide établie sur sa base, c'est-à-dire au monument le plus en équilibre et qui risque le moins de s'écrouler ? Ignorez-vous qu'au sommet de cette pyramide sont placés des hommes compétents sur toutes les questions que peut soulever le mouvement de la machine gouvernementale, qu'ils savent tout et s'occupent de tout ? Avez-vous la prétention d'être aussi savant qu'eux ? Quand même vous le seriez par impossible ; puisqu'ils existent et qu'ils agissent, vos paroles sont au moins superflues ; mais faites-y attention, elles sont même dangereuses. En effet, si votre brochure est lue avec intérêt, d'autres écrivains, excités par votre exemple, voudront peut-être aussi publier des brochures politiques. Supposez qu'ils soient moins bien intentionnés que vous ; supposez même qu'il y en ait parmi eux qui nourrissent une malveillance systématique ou qui aillent jusqu'à pactiser secrètement avec les ennemis de l'ordre, voilà l'opinion publique exposée à s'égarer à la suite de ces mauvais citoyens. Nous savons comme vous que le gouvernement peut, à la rigueur, commettre une petite faute, rien n'est parfait sur cette terre ; mais un bon fils doit-il raconter à tout le monde les défauts de son père, et ne sommes-nous pas tous, pour ainsi dire, les enfants du gouvernement qui nous protége ? »

Tout ce que nous pouvons dire aux personnes qui tiennent ce langage, c'est que ce n'est pas non plus à elles que nous nous adressons.

Il y a encore dans notre pays d'autres gens qui, après

avoir lu la première ligne de cet écrit, le parcourront avec
avidité, désireux d'y trouver quelque bonne satire, quelque
piquante allusion, quelque coup de griffe habilement lancé
au gouvernement ; non pas qu'ils soient hostiles au pouvoir ; mais en France rien n'est délicieux comme de sa-
vourer une malice. Eh bien ! qu'ils s'épargnent la peine de
parcourir ces pages.

Nous nous adressons à tous les Français qui joignent
au don de l'intelligence celui de l'impartialité. Si nous
sortons ainsi de notre réserve habituelle, c'est que les
circonstances nous paraissent graves et le moment décisif ;
nous nous empressons de parler avant qu'on puisse nous
opposer le fatal : « Il est trop tard ! »

Voici où nous voulons en venir. Le printemps approche.
Cette saison, qui, dans l'ordre de la nature, signifie le réveil de toutes les joies, paraît signifier en politique le
réveil de toutes les inquiétudes. Prévoit-on quelque motif
de brouille entre deux États, on s'empresse de dire :
« Nous aurons la guerre au printemps. » La guerre a-t-
elle éclaté en hiver, comme celle qui met aux prises l'Allemagne et le Danemark. « C'est une question locale, dit-
on ; mais au printemps elle pourrait bien se compliquer et
devenir européenne. » Une lutte terrible s'est-elle engagée
entre deux peuples, comme celle que les Polonais sou-
tiennent contre les Russes : « Pourvu que les Polonais
tiennent jusqu'au printemps, dit-on, ils sont sauvés. »

Singulière influence de l'exagération poétique sur un
siècle aussi matérialiste que le nôtre. En effet, les poëtes,
entre autres charmantes fictions, ont imaginé un printemps succédant à l'hiver, comme le triomphe de la résur-
rection succède, pour les âmes vertueuses, aux ténèbres de
la mort. Tout à coup, selon les poëtes, les froids meurtriers
cessent, l'air devient doux ; le soleil, voilé jusqu'alors par
les brouillards, brille constamment au ciel ; partout où
l'on voyait un sol gelé, paraissent les fleurs les plus variées ;

partout où le silence régnait retentit le chant du rossignol ; en un mot, tout était laid et désagréable, tout devient beau et délicieux. Si le printemps était en réalité tel que les poëtes le décrivent, nous comprendrions, jusqu'à un certain point, que les États qui viendraient à se trouver dans la dure nécessité de faire la guerre, attendissent de préférence cette saison ; elle serait incontestablement la plus favorable, tant au point de vue de la facilité des mouvements stratégiques que de l'hygiène des armées ; mais, outre qu'il faut singulièrement rabattre de cet idéal du printemps et compter souvent sur de brusques retours de la bise, quel est l'homme assez clairvoyant pour prévoir exactement la fin d'une guerre dès son commencement ; et, si une guerre commencée en mars se prolonge jusqu'en août, qu'y a-t-il de plus funeste pour les armées que les chaleurs extrêmes et la sécheresse ? Nous en appelons au témoignage des vainqueurs de Solferino. Nous ne comprenons donc pas très-bien l'idée qu'ont certaines gens qu'il existe des rapports entre la saison nouvelle et la guerre ; mais notre but n'est pas de nous appesantir sur l'origine de cette idée ; notre intention est d'examiner simplement jusqu'à quel point il est probable et souhaitable qu'elle soit justifiée par l'année qui commence. Voyons d'abord contre quel État il y aurait possibilité de faire la guerre au printemps, et pour quels motifs.

Il est bien entendu que nous ne parlons pas des expéditions lointaines, entreprises dans le but d'ouvrir de nouveaux débouchés à notre commerce, telles que les expéditions en Chine, en Cochinchine, au Sénégal et au Mexique. Celles-là s'entreprennent en toutes saisons, soit qu'elles exigent un déploiement de forces relativement peu considérable ; soit, qu'atteignant les extrémités de la terre, elles arrivent dans des pays où règne la belle saison, bien que parties au cœur de l'hiver ; en outre, ces expéditions lointaines sont suivies des yeux par la France avec l'intérêt qu'elles méritent sans doute; mais on ne peut pas dire qu'elles aient le don de faire vibrer le cœur de la nation française.

Nous parlons des guerres en Europe, des grandes guerres; ce sont elles dont on se plaît particulièrement à prévoir la coïncidence avec le retour des hirondelles et de la verdure; mais, pour continuer à procéder par élimination, disons d'abord qu'il y a en Europe des États contre lesquels l'opinion de bon nombre de citoyens français ne songe pas à provoquer la guerre, du moins pour le moment; ce sont la Grèce, le Portugal, la Belgique, les Pays-Bas, l'Espagne, la Suède, le Danemark, la Suisse, la Turquie, l'Italie, les Saxe-Meiningen, Altenbourg, etc., Anhalt-Dessau, etc., Reuss-Schleitz, etc., et en général tous les petits États allemands pris séparément. Restent l'Autriche, l'Angleterre, la Russie et la Prusse. Encore nous est-il permis de retrancher l'Autriche. L'Autriche semble un adversaire contre lequel on a eu un duel heureux; on lui doit de l'estime, et l'on peut dire que la haine des *Kaiserlicks* est oubliée depuis Solferino. Il va de soi qu'on reverrait dans l'Autriche une ennemie, du moment où elle entrerait contre nous dans une alliance russo-prussienne, comme on l'a prétendu ces jours-ci, ou si elle menaçait notre sécurité en se jetant à l'improviste sur l'Italie; mais qu'on ne perde pas de vue que nous ne cherchons pas à prévoir l'avenir; nous constatons seulement les sentiments actuels qui dominent en France, et nous répétons qu'ils ne paraissent pas hostiles à l'Autriche. Nous pouvons aussi, du moins pour le printemps de 1864, retrancher l'Angleterre, bien que l'idée de faire la guerre *à l'Anglais* fasse tressaillir tous les Français; mais cette haine contre les Anglais est si générale, si ancienne, si déraisonnable, qu'il n'y a pas de motif pour qu'elle devienne plus intense en 1864 qu'en toute autre année. Tout le monde en France sent que la guerre avec l'Angleterre serait la ruine des deux

pays, que ce serait, pour ainsi dire, la fin du monde civi-
lisé ; et malgré cela nous avons vu des hommes d'un esprit
cultivé, des hommes qu'une pareille guerre plongerait
dans l'affliction et la misère, ne pas avoir la force de rete-
nir un sourire d'approbation en entendant leurs jeunes fils
répéter quelques contes absurdes dirigés contre les Anglais ; bien plus, nous avons remarqué que tout homme parlant devant une assemblée nombreuse, soit à la Chambre,
soit à l'Institut, soit dans une simple réunion d'action-
naires, est sûr d'être approuvé s'il trouve occasion d'atta-
quer les Anglais.

Cependant, malgré cette antipathie ancienne et générale,
on ne paraît pas être disposé à opérer, ce printemps, la
transformation de Londres en chef-lieu de département.

Restent la Russie et la Prusse. La guerre que nous
pourrions faire au printemps serait donc, à en croire les
bruits publics, dirigée contre la Russie ou la Prusse.
Examinons quels titres ces deux puissances peuvent pro-
duire pour justifier la visite que nos armées seraient prêtes
à leur faire.

Les Russes, on l'a dit cent fois, sont les Français du
Nord, c'est-à-dire que dans les salons de Saint-Pétersbourg on parle notre langue, on porte nos modes, on boit
nos vins, aussi bien et même mieux qu'à Paris. Aussi la
société élégante en France éprouve plutôt de la sympathie
pour ses frères du Nord ; mais, derrière ce masque de la
civilisation, la Russie cache des mœurs barbares ; elle commande à des troupeaux de peuplades toujours prêtes à
combattre et à détruire cette même civilisation dont on
feint les dehors à Saint-Pétersbourg. Dire « les Cosaques »
ou « les Huns » est à peu près synonyme, et on peut avan-
cer que la Russie-Cosaque inspire en France une vive ré-
pulsion. Cependant, depuis qu'en Crimée on avait *donné
une leçon au Moscovite*, on éprouvait pour la Russie les
dispositions que nous constations plus haut vis-à-vis de

l'Autriche; la rancune nationale était apaisée et l'on ne songeait plus à faire la guerre aux Russes, lorsque survinrent les événements dont la Pologne a été et est encore le théâtre. La Pologne, qui fut le rempart du christianisme contre les Turcs; la Pologne, à laquelle l'Autriche doit son salut; la Pologne, dont Louis XIV prévoyait et voulait empêcher le partage quand il écrivait « le Moscovite, l'Empereur et l'Électeur de Brandebourg voudront se partager la Pologne, il ne faut pas le souffrir; » la Pologne, seule fidèle à Napoléon Ier dans ses désastres; la Pologne, nation chevaleresque et malheureuse qui a produit des héros et dont la tristesse est peinte d'une manière si touchante et si charmante dans la musique de Chopin, le chantre de ses douleurs; la Pologne enfin, démembrée et maltraitée, voyait redoubler les persécutions et jetait un cri désespéré vers l'Occident. Aussitôt des esprits impatients ne parlèrent de rien moins que de traverser l'Europe pour voler au secours de la Pologne. « La France, disaient-ils en leur langage, marche à la tête des nations, tenant à la main le flambeau de la civilisation. Partout où il y a un faible et un opprimé, il faut aller planter le drapeau de la France sur les ruines de l'oppresseur. La France a reçu de Dieu la mission de défendre partout la liberté contre la tyrannie. Elle serait indigne de cette mission sacrée si elle laissait impunis les féroces proconsuls du Czar, ces tigres altérés de sang. Le prestige du nom français en Orient serait à jamais perdu. » Les gens qui parlaient ainsi ne s'occupaient pas de toute la Confédération Germanique qui nous sépare de la Pologne; ils enjambaient l'Europe comme on saute un fossé. Nous n'examinons point si ces gens étaient en majorité ou en minorité; il nous suffit de constater qu'une fraction de l'opinion en France semblait incliner sérieusement vers une expédition contre la Russie.

D'autres esprits, plus calmes, mesuraient la distance qui nous sépare de la Russie, supputaient le nombre d'hommes

qu'il fallait sacrifier, comptaient l'argent qu'on allait dé-
penser, et arrivaient en manière de conclusion à ce dilemme:
« Ou nous serons vaincus, alors c'est le malheur de la
France ajouté à celui de la Pologne ; ou nous serons vainqueurs. Dans ce cas, il y a deux suppositions : ou bien,
aveuglés par l'ambition, nous voudrons rester en Pologne,
ce sera provoquer une nouvelle coalition ; ou, fidèles à nos
principes, une fois la Pologne affranchie, nous retourne-
rons en France ; ce sera comme si nous n'avions rien fait ;
la Pologne verra se rallumer ses luttes intestines, et les
États qui l'entourent se réuniront pour l'écraser. Dans les
deux cas, nos finances auront à souffrir et les impôts aug-
menteront. »

Voilà ce que pensaient des esprits plus calmes. Ils
ajoutaient que les gouvernements ont d'autres devoirs que
les particuliers ; que ceux-ci doivent toujours être géné-
reux, tandis que les premiers doivent souvent être égoïstes ;
que la France n'avait pas reçu la mission de soutenir la
Pologne contre la Russie, pas plus que la Russie n'avait
reçu autrefois la mission de soutenir Abd-el-Kader contre
la France ; puis, comparant la Pologne à la France répu-
blicaine, ils demandaient qu'on leur nommât les auxiliaires
de la France, quand elle fut envahie lors de la première
révolution. En outre, ils accusaient les esprits fougueux de
cacher sous ce vif amour de la Pologne l'amour plus vif
encore du désordre et des révolutions. De leur côté les
esprits fougueux accusaient les esprits calmes de cacher,
sous cet amour sincère de la France, un amour plus sincère
encore de leurs rentes et de leur repos. Tel était l'état
des esprits ; et comme, malgré les vœux des impatients,
l'hiver était arrivé sans qu'on se fût mis en route pour la
Russie, les impatients se consolaient en disant : « Ce sera
pour le Printemps. »

Tout à coup, Dieu, dont les desseins sont impénétrables,
enlève le roi de Danemark, et l'incident dano-allemand

surgit. En France on aime ce qui est nouveau. On pensa moins à la Pologne et on commença à s'intéresser aux Danois.

Nous ne chercherons pas à décrire les replis tortueux de ce nœud gordien qu'on appelle la question du Schleswig-Holstein ; nous constatons seulement que c'est à propos du Danemark que quelques esprits se sont souvenus des provinces rhénanes. La transition paraît peut-être forcée ; mais à quoi ne sait-on pas, en politique, donner un tour naturel ? En résumé, voici par quel raisonnement on arrive du Danemark en Prusse.

« L'affaire, dit-on, en parlant du conflit actuel, est embrouillée et très-allemande ; peu nous importe de connaître le fond du procès et de nous charger la mémoire d'une série de noms baroques ; ce qui est clair, c'est qu'un petit prince allemand, c'est-à-dire, pour nous autres Français, l'emblème de la féodalité, a reçu plusieurs millions de francs, en espèces sonnantes, contre lesquelles il a abandonné solennellement, pour lui et ses descendants, ses droits aux pays relevant de la couronne danoise. Le fils de ce prince, malgré les engagements de son père et les espèces sonnantes qu'il n'offre nullement de rembourser, veut faire valoir les droits abandonnés par son père. Pour cette cause si prosaïque et si peu intéressante, où le vil métal tient une si grande place, la poétique et sentimentale Allemagne s'enflamme tout entière. C'est à qui criera haro sur le Danemark. Un pays de quarante millions d'habitants se glorifier de faire la guerre à un petit État. On dirait que l'Allemagne est bien aise de trouver, dans le Danemark, un paratonnerre sur lequel se puisse décharger le trop-plein de ses passions unitaires et guerrières ; mais qu'elle y prenne garde ; il peut arriver un moment où la France aura le droit de dire son mot dans le débat. » Là-dessus on se hâte de faire remarquer que la Prusse joue le rôle principal parmi les envahisseurs du Danemark, que c'est un maréchal prussien qui commande les Allemands, que c'est lui qui a fait violer les frontières du Jutland ; on se souvient alors, avec à-propos, que la Prusse est la seule des grandes puissances continentales contre laquelle on n'ait pas encore pris sa revanche de 1815. En parlant de la Prusse, parler des frontières du Rhin est chose toute simple. On va presque jusqu'à souhaiter que la Prusse commette quelque excès de pouvoir en Danemark pour nous donner le droit de lui chercher querelle sur le Rhin. Cependant, si l'on examine la Prusse de plus près, qu'y voit-on ? Un peuple éclairé et instruit. L'instruction, en Prusse, est bien plus répandue qu'en France, et si chez nous les amis du peuple pensent, avec raison d'ailleurs, que ce n'est qu'à force de répandre l'instruction parmi les classes les moins favorisées du sort, qu'on leur fera faire des progrès, quelle haute idée ne doivent-ils pas concevoir de la Prusse ? et quelle sympathie ne devraient-ils pas éprouver pour elle ?

Si la tolérance en matière religieuse doit être tenue en grande estime, comment ne pas faire l'éloge de la Prusse, puissance protestante, qui sait gouverner un pays ultra-catholique comme la Prusse rhénane et qui fait ce qu'elle peut pour mener à bonne fin l'achèvement de la cathédrale de Cologne, une des merveilles du catholicisme. Est-il bien sûr qu'en France un gouvernement contribuerait de son mieux à l'érection d'un temple protestant dont les proportions et la beauté feraient oublier Notre-Dame, la Madeleine et le Panthéon ? Si le goût des lettres, des arts et des sciences ennoblit un peuple, le peuple prussien tient une place distinguée en Europe. C'est un roi de Prusse, un héros, qui récitait des fables de La Fontaine et traitait Voltaire d'égal à égal. C'était un Prussien ce savant Alexandre de Humboldt que la France compte parmi ses illustrations presqu'autant que la Prusse, qui écrivait des chefs-d'œuvres scientifiques en français aussi bien qu'en allemand, et qui, dans ses discours, joignait à la profondeur allemande la clarté française ; aussi sa statue figure-t-elle à Versailles par les soins de l'Empereur. Ce compositeur, Mendelssohn, dont la musique tend à devenir de plus en plus aimée en France, c'est à Berlin qu'il a pris son essor. La Prusse a donc droit à la sympathie d'un pays comme la France, qui se pique de civilisation ; cependant cette sympathie n'est pas aussi vive en France qu'on pourrait le penser. On admire Frédéric le Grand ; on aime Humboldt et Mendelssohn ; mais on se souvient de Blücher. En lisant dernièrement une charmante histoire qui a paru ces jours-ci et où, à propos d'un conscrit de 1813, on dépeint avec talent les dernières guerres du premier Empire, nous avons été frappé d'un trait qui doit certainement être vrai, puisque l'auteur paraît s'être entouré des renseignements les plus précis ; c'est que chaque fois qu'il est question des Prussiens, il semble aux yeux du jeune soldat, héros de ce roman, que ce soient des monstres, des barbares, ne respirant que le massacre et avides du sang français, bien plus haïssables que les Russes et les Autrichiens. Eh bien ! ce qui paraît au conscrit de 1813 une cause de haine et de malédiction, est évidemment, pour l'histoire impartiale, une qualité ; c'est l'amour de la patrie, qualité qui devrait être très-appréciée, en France surtout. Nous devrions avoir l'esprit assez élevé pour admirer chez un autre peuple une grande qualité, même quand elle nous a fait du mal, et beaucoup de mal. On peut dire qu'en Russie c'est le froid qui a été le grand ennemi de Napoléon Ier, et en Allemagne le patriotisme prussien. Les Autrichiens n'étaient pas si vifs à notre égard, cela se conçoit aisément ; les Autrichiens se composaient en partie de Croates, de Hongrois, de Bohémiens, de Dalmates obéissant machinalement aux ordres de leurs généraux. Une armée obéissante ne suffit pas pour délivrer un pays de son envahisseur, surtout quand cet envahisseur est un Napoléon ; il faut que toute

une nation se soulève comme un seul homme ; c'est ce que
les Espagnols, peuple méridional et bouillant, firent tout
de suite sans hésiter ; c'est ce que les Prussiens, peuple
essentiellement allemand, par conséquent lent, ne firent
que tardivement, poussés à bout par toutes sortes de vexa-
tions. C'est alors qu'en Prusse toutes les classes disparu-
rent ; ce n'étaient plus des soldats, des commerçants, des
professeurs, des avocats, des nobles, des artisans ; c'é-
taient des hommes quittant tout pour chasser l'étranger ;
c'était à peu près le spectacle qu'offrait la France de la
grande Révolution, avec cette différence qu'en France
beaucoup de citoyens couraient à l'armée pour échapper à
l'échafaud, tandis qu'en Prusse c'était le plus pur amour
de la patrie qui animait tout le monde. Cette ardeur à nous
combattre, nous le répétons, devrait au moins valoir notre
estime à la Prusse ; mais, soit que nous n'ayons pas assez
de générosité ; ou, ce qui est plus probable, que les événements soient encore trop récents pour que nous les puis-
sions juger avec impartialité, il est certain qu'il y a en
France manque de sympathie à l'égard de la Prusse, que
ce manque de sympathie nous a été légué par les guerres
du premier Empire, et qu'il tend à augmenter à propos des
événements dont le Danemark est le théâtre.

Nous avons fait voir contre quelles puissances il semble
possible, d'après les rumeurs qui courent dans l'air, que la
guerre éclate au printemps ; nous ne disons pas probable,
car dans l'état actuel de l'Europe rien n'est probable et
tout est possible ; nous ajoutons qu'aucune guerre ne nous
paraît souhaitable et que nous voudrions voir ce fléau banni
de la terre.

Cependant, s'il est vrai que l'imperfection humaine
doive empêcher de longtemps la paix de régner dans ce
monde, voici le conseil que nous osons donner à la France
et qui nous est inspiré par le souvenir d'un tableau repré-
sentant un congrès célèbre. Dans ce tableau on voit les

ambassadeurs de toutes les puissances discutant avec animation des questions sans doute fort importantes ; l'on y voit aussi notre spirituel ambassadeur, M. de Talleyrand, assis dans son fauteuil, d'un air calme et impassible, presque souriant, laissant parler les autres ; et pourtant il leur imposait, en fin de compte, ses volontés. Que la France laisse les autres puissances s'agiter ; qu'au milieu de cette agitation elle reste calme et impassible, ne fût-ce que deux ou trois ans ; deux ou trois années exemptes d'expéditions militaires et navales, quelle richesse pour le pays ! Au bout de ce temps, qu'elle jette les yeux autour d'elle. Bien des complications auront peut-être disparu d'elles-mêmes ; mais si la nécessité d'une action extérieure subsistait encore, la France aurait puisé dans ces années de repos une force merveilleuse et parlerait avec une immense autorité à l'Europe fatiguée de la guerre. Les puissances européennes ressembleraient à ces combattants des batailles homériques, s'engageant dans une mêlée générale. Tout à coup un dieu descend de l'Olympe et fait tourner la victoire à sa guise. Ce dieu serait la France.

FIN

Paris, imprimerie de L. TINTERLIN, 3, rue Neuve-des-Bons-Enfants.